MALDITOS, nefastos, nocivos

Severo Brudzinski

KOTTER EDITORIAL

coordenação editorial
Sálvio Nienkötter

editor executivo
Daniel Osiecki

editor-assistente
Claudecir de Oliveira Rocha
Franciele Cunico

capa | projeto gráfico
Paula Villa Nova

produção
Cristiane Nienkötter

revisão
Daniel Osiecki

Dados Internacionais de Catalogação na Publicação (CIP)
Angélica Llacqua CRB-8/7057

Brudzinski, Severo
Malditos, nefastos, nocivos | Severo Brudzinski
Curitiba: Kotter Editorial, 2021.
116 p.

ISBN 978-65-89624-47-9

1. Contos brasileiros I. Título "Malditos, nefastos, nocivos"

CDD B869.8

21-2433

Kotter Editorial
Rua das Cerejeiras, 194
82700-510 | Curitiba/PR
+55 41 3585-5161
www.kotter.com.br | contato@kotter.com.br

1ª edição
2021

Índice

AO SOM DE VIOLINOS

A experiência estética é rápida como raio. Só depois vem o som do trovão, a elaboração organizada pela razão e pela linguagem. Primeiro o baque no corpo, o susto, o modo como os nossos sentidos são acordados.

E, sem saber bem como explicar com palavras, mas precisando fazê-lo – afinal não tenho como apresentar uma obra e compartilhar a sensação que tive a não ser vestindo-as de palavras –, eu consegui, *alla prima*, traduzir assim o que senti ao ler este *Malditos, nefastos, nocivos*, sexto livro de Severo Brudzinski:

Violência ao som de violinos.

Foi o que me espocou no tempo entre o raio e o trovão. E só agora tento elaborar:

São muitas violências contidas no interior do texto e dos personagens. Violências que vez ou outra se "incontêm" e extravasam nas ações, nos gestos. Mas, interessante, a linguagem do autor não é desbragada, não está com uma faca na mão rasgando o tecido dos textos. Ela tem um ritmo e esse ritmo é elegante, sopesado, sem a flacidez dos excessos. De quem conta com calma e domínio o desconcerto dos mundos que desfilam ao longo das peças aqui apresentadas. É esse ritmo que me fez ouvir sons de violino enquanto personagens se batem e se debatem, uma vez que os conflitos se dão ora com o outro, ora no interior do próprio sujeito, também ele habitado por fantasmas outros.

("Feche os olhos que eu conto uma história para afastar a mão do fantasma", diz o início de "A rainha infeliz". Curiosamente, no entanto, faz vivê-los, trá-los à tona – há quem diga que verbalizar fantasmas é forma de dispersá-los. Cada leitor, singular como é, que o confirme ou conteste).

A elegância narrativa, em contraste com as cenas narradas, em vez de criar um presumível mau jeito, é o fator surpresa que torna esse livro tão peculiar por unir asperezas com veludos. É o que parece reger as 18 peças que compõem este livro. Linha e agulha a costurar da primeira à última. Chamo-as de peças porque, ao contrário do que pode parecer, a costura ou a regência das asperezas aveludadas não significa uniformidade, não quer dizer monotonia. A elegância já citada também está na habilidade de conduzir formas diferentes. Encontramos peças em versos, narrativas curtíssimas e outra longa, novelesca. Ora narradores veem tudo a partir de voo alto, ora mergulham e se encharcam das cenas, incorporando o modo de agir e pensar de seus personagens, plasmando-se neles, confundindo-se.

Você ainda encontrará homens e mulheres de hoje, na crueza dos dias, descritos com auras mitológicas, com contornos místicos. Dentro de uma mesma narrativa veremos latas de cerveja e sereias desnudas. Esse encontro entre quadros semânticos distintos gera o estranhamento magnetizante que a boa literatura sabe criar.

É o que consigo elaborar para este espaço, mas se eu pudesse mesmo apresentar *Malditos, nefastos, nocivos* sem as formalidades editoriais, eu diria: esse livro tem uma coisa.

Seria o ápice da expressividade.

Porque esse livro tem uma coisa: ele tem muitas coisas, umas coisas assim, sabe?

Golpeado pelo impacto estético, ainda estou tateando palavras possíveis. Enquanto isso, convido o leitor a me ajudar, a me dizer que coisa tem aí, que coisas têm aí que fazem a gente tropeçar.

Cezar Tridapalli

MALDITOS, nefastos, nocivos

Severo Brudzinski

O FIEL

(...)

Súplicas do homem de bem.

Por que comigo, anjo revel?
Por que não com aquele
perdido por aí,
livre, solto?

Meu dia? Planejado.
Vida com sentido objetivo.
Cada gesto um sucesso.
Por que comigo?

Leva aquele que aspira o fumo
que emana dos cristais.
Como cachimbo uma latinha...
Vê se pode!

Ah, meu Deus! Que destino!
Eu ao invés de um enjeitado,
um fedido?
Não me conformo e rumino.

Palavras do anjo.

Vem, meu eleito.
Já não é mais menino.
Dá-me a mão e partimos.

Súplicas finais do homem de bem.

Por que comigo, meu mal?
Eu que exalo o sândalo dos baluartes,
dos excelentes,
dos homens de bem.

Deixa-me um pouco mais
e se contenta com um desses
moços de aluguel,
vulgares, corrompidos.

O meu corpo? Ungido na prática reta,
como ensina o livro.
Em tempos heréticos, ainda oro.
Vê? Como não vê? Vê!

Nenhum do meu círculo tem alma tão pura,
vida tão retumbante.
Um exemplo de virtude: esse sou eu.
Por que comigo?

Palavras do anjo.

Por que contigo?
Não advinha?
Pois, vai!
Além de néscio,
és pretensioso.
Não bastasse ser tolo,
não fui com a sua cara.
Esquece que no abismo
somos todos engano?
E você, meu preposto,
é pai da ilusão e filho do engodo.
Guarda tua lábia e,
uma vez que seja,
age como homem.

Agora vem!

FECHE OS OLHOS, NÉLI. FECHE OS OLHOS

333.333.333

Foi um sopro, um estertor nítido e contínuo que a acordou. Estranho não haver sonho precedente, ideia fixa ou medo sem nome. Com ela, na cama, só o inferno de gelo dos fins de maio. Passada a letargia, percebe o tique sombrio do despertador. A brisa noturna balança a cortina rota de sarja. Algo vai acontecer, pensa, escutando a seguir, bem próximo: Docinho, docinho, docinho, docinho. A mulher fica à espreita, antevendo um ataque, uma surpresa, mas nada, só o frio e a sensação de iminência. Com os olhos já acostumados ao breu, divisa a penteadeira, o armário e o crucifixo de parede. Ótimo. Nenhuma novidade. Ela cobre as orelhas e lança o olhar no vazio. Não haverá mais sono essa noite. A vigília se dá embalada pelo ranger abstruso do telhado. O vento sacode as árvores, balança os panos no varal, força as telhas de barro contra o madeirame. Eis que o cheiro de fósforos queimados invade o cômodo. Ela chuta as cobertas e vai ver a criança. No clique, a lâmpada do corredor se cala para sempre. Xingando em pensamento, a mulher, às apalpadelas, segue até o quarto do enteado. Aproximando-se da cama, vislumbra o pequeno imóvel sob a luz mortiça do abajur. É bonito. Será um belo rapaz no futuro. Ao passar-lhe a mão nos cabelos, vertigem. Na ponta dos dedos a rigidez dos tecidos. Ela leva as mãos ao rosto, cobrindo os lábios. É só um sonho ruim. Um sonho ruim. É isso. Se benze. Abre as cortinas, busca um sinal, um caminho. Além da vidraça, caligem. Onde o pai da criança? Quem o pai da criança? Não lembra. Um guarda noturno? Um médico de plantão? Não há memória. A única certeza, isso sim, o menino não é meu filho. Entre o alívio e o horror, um toque no ombro. Vira-se. Diante de si o pequeno, lívido, olhos fechados e sorriso débil. Ela cambaleia, dá dois passos para trás. O outro amplia o sorriso, não sem esforço. Não importa mais, vai acontecer, a casa está isolada. Ele vem te buscar. A mulher desmaia. Quando lhe torna o juízo, o quarto vazio a conforta. Ela se ergue e vai para a cozinha. O café saberá acomodar as coisas. Um pesadelo. Nunca houve enteado, nunca houve marido. O corredor parece retorcido. Ao fundo, flutuando em sua direção, um castiçal com três velas acesas. Rígida, a penitente aguarda. Aos poucos, as chamas revelam a mensageira, uma senhora de cabelos grisalhos, vestindo lã cinza. A mão direita carrega o lume da trindade; a esquerda ela mantém às costas. Aproxima-se. Não se preocupe, minha filha. Está tudo bem. Você não vai sentir nada, ele sabe o que faz. A moça se encolhe, ao que a velha torna: Não tenha medo. Agora é só fechar os olhos. Isso, feche os olhos, Néli. Feche os olhos. Taque.

MÁRIO FURIOSO

17h02. Sou Mário. Cinquenta e quatro anos, casado, dois filhos formados e independentes. Casa própria, financiada. Um carro usado e plano de saúde.

Eu sou um cara legal. Pessoa confiável. Ajudo os outros, quando posso. Auxilio os vizinhos, os colegas de trabalho, os parentes. Nunca fui engraçado, sou simpático. Enfim, sou o que se pode chamar de um cara gente boa. Mas eu cansei, sabe? Isso tudo é coisa do passado. Daqui pra frente vou ser mau.

17h12. Depois das cinco, não se produz nada que preste neste escritório. O que se quer é que os relógios, por decreto, marquem seis horas.

17h31. A maior parte dos funcionários mantém os olhos nas telas de dezenove polegadas. Digitam memorandos, despachos de última hora, finalizam relatórios. Dissimulados, canalhas. Os que têm seus monitores voltados para a parede, pela expressão de seriedade, jogam paciência ou se deliciam com as "possibilidades da tecnologia", mas sempre com uma outra tela preparada para o caso da chegada do chefe, outro canalha conivente.

17h50. Tenho saudades das máquinas de escrever que reinavam por aqui antigamente. Nelas, batíamos com raiva sobrenatural formulários em branco, o dia todo. Imensas pilhas de papel consumidas por hora. Uma época de atenção extrema. De responsabilidade. O menor erro exigia substituição de formulários e recomeços. Havia os corretivos a seco, mas quem era bom mesmo não precisava de muleta. E eu sempre fui bom. Hoje é essa moleza. Autocorreção, apaga-se tudo num clique. Sumiram com os arquivos de aço. Não há mais papel, tudo é digital. Não há compromisso, nem disputa. Permite-se trabalhar com fones de ouvido. É o fim. Tudo é fácil para essa gente nova.

Agora, quando marca cinco para as seis, o supervisor some. Some o gerente. Daí o povo diminui a marcha até o silêncio completo do minuto final. É uma só vontade: ir embora, alcançar a rua, o boteco, a família, a cama. Talvez isto não ocorra nos outros setores da empresa, mas é o que melhor define o desejo das pessoas que habitam o andar da contabilidade, ou seja, nós. Um poeta certa vez escreveu na porta do banheiro masculino: *Além das seis, a praia, promíscua, nos espera. Até lá, o barco ainda naufraga.* Acho isso papo de vagabundo. Trabalhar oito horas por dia não é motivo de sofrimento, mas de orgulho. Demonstra retidão, virilidade. A praia que espere.

18h14. Já havia muito tempo que tudo estava engatilhado. O caso é: sempre me faltou coragem. Eu protelei, protelei e protelei. Hoje é o dia. Isso me surgiu quando percebi que as pessoas se dividem entre os que agem e os que resumem a vida a fantasias. Eu resolvi mudar para a ação.

18h31. Um estagiário esqueceu o cartão de transporte. Não dei papo e ele se mandou. O porteiro me avisou em tempo e eu não fui surpreendido. Seja como for, não serei pego. Estou coberto.

Mostrei-me irritado aos colegas durante a tarde por ter que fazer serão. Perderia a semifinal da Libertadores. Ninguém desconfiou de nada. Afinal, sou caxias. A expressão é antiga, mas se usa. Foi fácil: deixei a papelada atrasar e meu chefe prontamente cobrou resultados. Cá estou.

19h27. O dia termina em caos no trânsito e bares lotados. O calor dá uma trégua e o mar convida para um passeio na orla iluminada. Não fossem os assaltos até iria.

Dá gosto olhar a cidade do décimo terceiro andar, principalmente quando a noite chega. Fecho as persianas, apago as luzes e espero. Me sinto calmo, apesar de saber que não há como voltar atrás. Quando se decide por esse caminho é preciso estar disposto a tudo, e eu não estou de brincadeira. A coisa não vai parar aqui, vai continuar, crescer, virar vício.

19h34. Revisando o plano, percebo que a ação foi mal concebida e os resultados não vão ser lá grande coisa. Não me cobro, tudo é aprendizado. Sei que não é como explodir uma bomba num hospital cheio de crianças ou envenenar a represa que abastece a cidade, mas é um começo.

20h. Na hora marcada, o telefone toca. A encomenda está subindo, avisam.

Beleza. Continue de olho.

Deixe comigo, patrão.

Sempre há um comparsa.

20h03. O elevador anuncia a chegada. Passos no corredor. Ela cruza o salão vindo até mim. Olha em volta, parece entediada. É feia, como pedi.

Você é o cliente?

Por quê? Esperava o príncipe encantado?

Não, é que... Nada. Aqui mesmo?

É o seguinte. Vamos fazer um pouco em cima de cada mesa. Presente pros meus colegas.

Por mim tudo bem. Trouxe camisinha?

Dei de ombros.

Eles te contaram? Quer dizer, eles te falaram do meu caso?

O que é que tem? Eu queria uma sifilítica, mas pelo jeito não tinha.

Você é louco?

Foda-se. Eu paguei, não paguei? Então fecha a boca e deita aí, vagabunda.

TARANTA

Ela saiu cedo. Estou só. Quero cantar, mas a boca não responde. Minha carcaça? Guardada sob a coberta.

O quarto é o mesmo. Talvez não seja. Cama, guarda-roupa, espelho. A cortina esconde o sol, o dia e as crianças lá fora. Talvez haja um parque com árvores e brinquedos de metal que rangem depois da chuva. Mas pode ser que não. Pode não existir lá fora, um sol. Posso estar cinco quilômetros abaixo da superfície num desses buracos de concreto que se construíram há tempos por medo de alguém que parece bom, mas não é. Uma dessas pessoas que nos morrem, que nos queimam por dentro.

Ela não disse onde foi e escondeu a erva. Saiu cedo, deixou a aranha de vigia, entre o guarda-roupas e o espelho. Ela não se move, mas há tensão, entende? Ela vibra. A aranha tem dois metros. É peluda. Droga. Ela me odeia desde sempre. Se eu fosse um cara legal ela não vibraria, antes se entregaria ao chinelo. Esmagada, pediria desculpas, porém como sou uma pessoa ruim ela virá aqui passear no meu pescoço as pernas imundas. As mesmas que caminham sobre cadáveres. Vejam como vibra, lenta. Cálculo perfeito. Pode subir pela parede, seguindo pelo teto até, em queda livre, se esparramar em minha cara. Primeiro fica imóvel, depois caminha como se não fosse a minha cara, mas um jardim com crianças e sol. Súbito, fura-me os olhos. Grito. Ela aproveita e pousa veneno em minha língua, enfiando, a seguir, as pernas em meus ouvidos, furando-me os tímpanos.

C
a
i
n
d
o.

C
a
i
n
d
o.

C
a
i
n
d
o.

Não posso gritar. Tenho medo que ela perceba que sou fraco e venha cumprir destinos. Da mesma forma, não posso fechar os olhos, ela observa sem descanso, mexendo a fiandeira de um lado para outro.

Ao que se propõe, é perfeita. Gosto dela.

Devo afastar a coberta, me espreguiçar, abrir as cortinas e olhar o dia de sol. Posso sorrir sem motivo e a caminho do banheiro reparar a pequena artimanha na parede. É melhor acabar com ela antes que cresça e se reproduza. Levo a mão ao chinelo e esmago-a sem marcar a pintura. A diarista não virá. Sigo até o lavatório planejando o dia de trabalho. Lavo o rosto e saúdo no espelho minha face azulada.

Na cozinha, a crise me espera para dividir um pão com geleia: E aí, broder? Acordou pra se foder?

Eu sorriria desavisado.

Tudo porque estou sozinho. Se ela estivesse aqui era só seguir a receita e não interromper o tratamento.

Mas ela não saiu, está sob a coberta. Paranoica, me observa enquanto vibro.

MIRAFLORES

Passa das duas, madrugada de domingo. Miraflores está sentada em sua poltrona predileta assistindo à televisão. Veste um pijama de flanela azul. Miraflores gosta desse pijama, assim não precisa de cobertores para manter-se aquecida nas noites frias do Jardim Alfa.

Há muitos canais na tevê a cabo, centenas. Num deles o pastor diz palavras incisivas. Ele revela que a desarticulação da família e o uso de drogas são as principais estratégias de satanás para desviar o cristão. Em seu templo acontecem casos incontestáveis de curas espirituais e livramento de vícios, diferente da picaretagem de outras religiões, onde impera o misticismo.

Outro canal, outra pregação. O ministro oriental discorre sobre a essência da liberdade e o transcendente. Aos subordinados e superiores, aos amigos, a resposta é sim, Deus existe, mas sem intermediários. Porém, de madrugada, vestida de azul, sentada na poltrona predileta, assistindo à televisão, acreditar em Deus não faz o menor sentido. O vazio, para muitos um abismo sem fundo, para ela não passa de possibilidade compatível com os riscos.

Novo zap, leilão de joias. Miraflores se interessa por um relógio com caixa em ouro e 24 rubis na máquina. Bibelô pequeno e delicado. Mas ir pra onde com aquilo? Sua vida social é restrita, aniversários de família, velórios, eventos do trabalho e cinema, de vez em quando. Sair com todo aquele ouro no pulso para além dos muros do Jardim Alfa é arriscado, prejuízo na certa. Mas dinheiro não é problema, Miraflores é executiva em uma multinacional estratégica. Ganha bem. Já investiu em joias. Contudo, enquanto repousa na poltrona predileta (e assiste à televisão), ela vê naquele relógio um gasto sem sentido. A Miraflores de hoje é a alegria do seu gerente de contas, por todo aquele dinheiro distribuído entre baixo e alto risco.

Não bastassem os gordos rendimentos, quando cruza o departamento rumo à diretoria, sente os machos jovens vibrarem. Mesmo assim, em casa, gosta de estar só em sua poltrona, a preferida.

Próximo canal, assassino sanguinário encurrala vítima indefesa. Beco, mato, beco, galpão abandonado. Morte após perseguição sem fim. Faca, foice, serra e ancinho no delírio de sangue.

Coisa ridícula.

Outro canal: grandes acidentes da aviação.

Outro canal: cirurgias para redução de peso.

Outro canal: filme de arte em preto e branco sobre a morte do amor.

Outro ainda: suicidas que desistiram no último instante.

Miraflores não é depressiva, não é impressionável, é espirituosa, ativa. Nunca foi dada a especulações filosóficas. Gosta de livros sobre boas práticas de gestão e biografias de notórios. Porém, nos últimos dias, sua pequena biblioteca manteve-se intocada.

Vai até a cozinha. No armário, duas caixas de chocolate: trufados cítricos e tabletes de chocolate amargo. Perdição. Miraflores experimenta um de cada caixa. Deliciosos; ainda assim, não é o que ela quer. Outro chocolate e o retorno à poltrona. Ele virá?

Barulho furtivo no entorno da casa. Logo ouve-se a lata de lixo ser arrastada para a rua.

Chegou.

Ela corre até a janela e espia pela fresta da cortina. Ele está lá fora. Esplendoroso, vasculha a lixeira. É um lagarto imenso, um monstro. Miraflores sabe, ele veio pela carne, ela mesma colocou os cortes ensanguentados para ganharem cheiro e atraírem o bruto.

Miraflores sente o coração acelerado. Está excitada, percebe a oportunidade como única. Quando dá por si, vê-se abrindo a porta e saindo para o jardim. Tem o olhar vidrado no carniceiro. Caminha devagar para não espantá-lo.

Próximo, o bicho é ainda mais ameaçador. No sangue dos olhos nenhuma bondade, alegria, respeito; o clamor é de estripar. Miraflores se aproxima mais e mais da bocarra.

A fera ergue a cabeça, buscando, até que encontra. Lento, se aproxima. Silêncio brutal. A baba escorre por entre os dentes, poças na calçada.

Miraflores estende a mão.

O monstro vira o pescoço, se preparando.

Gozado, é como lixa molhada.

Dezenas de agulhas lhe atravessam o ombro. Ela é levantada do chão e sacudida até nervos e ossos se partirem. Depois é a vez de a carne rasgar e o corpo, atirado a cinco ou seis metros de distância.

Enquanto a fera aperitiva o braço envolto na manga de flanela azul, Miraflores, sobre a grama, sente nas costas a umidade do terreno e maravilha-se com o céu estrelado como se aquela fosse a primeira vez que o contemplasse.

CHAPEUZINHO 3.0

Muitos e muitos anos depois, Chapeuzinho foi ter com a avó na intenção de pedir-lhe algum para um fino e duas doses.

De posse da chave, na porta ela não bate.

A casinha jeitosa e bem cuidada está vazia e silente. Nela, nenhum porquinho, boneco de pau, nem princesa.

Que bom, a velha deve estar dormindo.

Não achando o que procura na gaveta costumeira, na bolsa sobre o aparador ou no fundo da lata secreta, tem que falar com a outra, estorvo que teima em não morrer e deixar-lhe a bela casa no fim do bosque, o carro e toda aquela grana na poupança.

Que seja, pensa, ensaiando um sorriso e entrando no quarto da anciã.

Na penumbra ela solta um doce: Está acordada, avozinha? Mas do leito não vem resposta.

Será que foi dessa vez?

Chapeuzinho se aproxima e puxa de leve a manta que cobre o rosto da pobre senhora. Porém, o destino lhe reserva uma troça: não há pobre senhora, mas um lupino já grisalho, com olhos em brasa.

Que porra é essa!?, se exalta, puxando uma faca e apontando para o coração da fera.

Não é o que parece. Se acalme, se acalme, pede o Lobo, acuado.

Então, desembucha!

Hoje é dia de baile na Associação dos Trabalhadores da Floresta e o Caçador foi pra lá dançar.

E a velha? O que foi feito da velha?

A vovó tomou um analgésico e foi com ele.

E você, o que faz aqui?

Eu? Vendo tudo lá do meu esconderijo entre as árvores e, sabendo de suas visitas costumeiras no fim de tarde, pensei em tentar a sorte.

Comigo?

Por que não? Já é maior e desimpedida, disse o outro lançando um olhar animalesco ao que Chapeuzinho respondeu mexendo nos cabelos curtos e rubramente tingidos.

No mesmo instante um bruxedo tomou o quarto e fez com que a mulher retomasse uma ladainha deslembrada:

Que orelhas pontudas você tem...

Delicio-me com gritos e sussurros, meu bem.

E esses olhos doentes...

Janelas fustigadas por loucas madrugadas.

E essas mãos trepidantes...

Brutas, moiras. Delícia dos amantes.

Ai, meu Deus! Valei-me! Dentes para fora, bocarra tamanha...

Não tema. São metáforas agudas para acariciar-lhe as entranhas.

Subvertendo o ordinário da história e trocando morte por vida, a fera não ataca, destripa, nem destrincha, antes levanta a coberta e oferece abrigo para aquela que um dia devorou sem piedade. Mas eles são outros, não aqueles.

Chapeuzinho, sem precisar de conselhos ou alguém que lhe acuda e, tocada pelos belos olhos tristonhos e a astúcia prazenteira do animal, deixa a faca ao alcance da mão e sorri, tornando um: Por que não, cachorrão?

E os dois foram felizes por uma noite.

DA CONDIÇÃO PARA SE ENTENDEREM OS RITUAIS SIMBÓLICOS

O monge vence os últimos degraus e adentra o pórtico.

De joelhos, conjura a fórmula secreta diante do selo antigo. Ditos os termos e executados os movimentos, aguarda emocionado o desfecho já previsto. Nada acontece. Desanimado, testa a porta que, guarnecida de ferragens ocultas, não se move. Diante do improvável, torna ao patamar e observa as nuvens que circundam a montanha.

Tudo confere. Nunca derramou sangue. Há muito abandonou carne, leite, sexo. Nos últimos dias só água e pão preto. Então? Um gesto? Um signo mal interpretado? O quê?

Examinadas as probabilidades, abandona-se, inconformado.

Mais tarde, quando ensaia o retorno à solidão do monastério, é assaltado por uma brisa fétida.

Passos ecoam entre as nuvens de onde emerge um anjo sujo. Pedra de amolar na cintura, avental coberto de sangue, presume-se um açougueiro. Figura depauperada: sandálias carcomidas, túnica esfarrapada, barrete encardido. Até a sombra é nociva.

Percebendo outro no templo, o recém-chegado vacila. É proibido estarem no mesmo lugar, ele sabe. No entanto, diante da ocasião, de que vale a lei dos homens? Sorrindo, caminha até a porta que se abre sem chave nem sinal.

Pasmo, o monge se esgueira entre as colunas. Faz menção de aproveitar a passagem do outro, mas a porta se fecha. A desorientação e a raiva tomam-lhe os sentidos. Ele esmurra a madeira, insano. Cansado, desfalece, esparramando-se pelo chão.

De uma passagem lateral, surge um menino com tabuleiro na mão. Nele, pedaço de papel e tigela de cerâmica.

O pequeno oferece o conteúdo ao decaído, que busca primeiro o bilhete, onde lê: *Por seres agudo, tua vida se perdeu. Bebe da água e engole tua dor. Depois vai, idiota.*

EMBAIXO DO PÉ DE BUTIÁ

Há dois dias Guido arde em febre, alternando silêncio resignado e falações intermináveis.

A esposa mantém o quarto arejado, indicação médica. Vez por outra ministra compressa fria, serve chá de manjericão ou aplica emplastro de cebola na sola dos pés do companheiro. Mas quanto maior a dedicação, mais o outro capitula.

Fim de tarde o quadro amaina. Judite esquenta a canja que o marido come com apetite. Bom sinal.

Isso é friagem. Se tivesse se agasalhado como falei.

O outro responde com uma careta e aconchega-se de lado, não sem gemer pela dor nas costas.

Vou passar na casa da comadre Rosa. Tem novena.

Vai, me deixe em paz.

Grosso, resmunga a mulher, que cobre os ombros com um xale e sai para a rua, sem tchau.

Sozinho, prostrado pelo cansaço, Guido ressona. Brumas, limbo, brumas, limbo e assim por diante. Um murmúrio sem rosto, uma árvore solitária. Pássaros. Cão.

Friagem, diz a esposa com sua boca sem graça.

Se tivesse se agasalhado, lamenta a mãe, há muito falecida.

Cuidado com essa prancha, cachorro!, grita seu Vicente, o encarregado, mais furioso que de costume.

Guido se encolhe na operação da serra. De repente, a tábua que ele segura escapa, corre pela lâmina e se arrebenta na parede do barracão.

Eu te falei, cachorro! Te falei pra ter cuidado! Agora vai pagar, diz o chefe babando ao encontro do funcionário com uma ripa na mão. O empregado fecha os olhos e levanta os braços, protegendo o rosto, mas para seu espanto, quando torna o olhar, encontra o algoz com a madeira atravessada no peito.

Foi você! Foi você, seu cachorro! Olha o sangue! Olha o sangue!, grita o homem estirado no piso imundo da fábrica.

Não fui eu, seu Vicente. Não fui eu. Foi um acidente.

Guido senta na cama.

Em casa. Estou em casa, repete, trôpego.

Tornando a cabeça ao travesseiro, ele seca a testa no sobrelençol e procura esquecer a imagem do patrão a praguejar como um endemoniado. Quanto ao emprego, tem sua dispensa como certa. Seu Vicente não perdoa ninguém. E agora, encontrar serviço onde? Na cidade, trabalhar com madeira é o único ofício para quem não tem estudos. A dúvida quanto ao futuro é confortada pela fé que o faz sorrir e conjurar em voz baixa: Deus tem mais pra dar que o diabo pra tirar.

Dito o provérbio, sente travar a glote e todos os pelos do corpo eriçarem. Hirto, ao pé da cama, está um homem de veste branca. O vulto mira o corredor como a indicar algo e sai lentamente.

Sem dar pelo convite, Guido evoca: Jesus Cristo, Jesus Cristo, Jesus Cristo.

O resgate vem em forma de lembrança.

No tempo em que o pai dessa aí, dizia a falecida sogra, trabalhava na Rede Ferroviária, um fulano que o velho conheceu na estação pediu pouso aqui em casa. Tenho certeza que o tal deve ter dado um bom dinheiro pro teu sogro, pois do contrário ele nunca permitiria um estranho sob o mesmo teto. Só sei que o velho mandou avisar que era pra eu arrumar o quarto de hóspedes e preparar uma galinha com polenta. O homem da estação não era moço, mas pela pinta devia ser rico. Era quieto, muito quieto. Três dias ele ficou. Três dias trancado no quarto, com as janelas fechadas, andando de um lado pro outro. A gente sabia da romaria pelo toque-toque no assoalho. Na segunda noite, quando fui levar um prato de sopa, empurrei a porta e vi ele mexendo num bauzinho de imbuia. O que é que tinha dentro? Eu conto: um sonho dourado. Ninguém me disse, eu vi com estes olhos. O homem fechou a caixa e perguntou o que é que eu queria. Mostrei a comida e ele mandou eu colocar o prato em cima do criado mudo e sair. Na noite do terceiro dia escutei baterem numa das janelas da casa. Quando me aprontei pra levantar, o velho tapou minha boca e me segurou bem firme. Disse no meu ouvido pra eu ficar quieta e deitada. Ele tirou o revólver debaixo do travesseiro, o mesmo que usava quando tinha conferência de trecho, e ficou ajoelhado na cama mirando a porta. Nunca vou esquecer: janela se abrindo e alguém escorregando pra rua. Uma voz rouca perguntou do ouro e o nosso visitante respondeu que estava num lugar seguro. Que mais? No dia seguinte encontraram o homem esticado perto da estrada de ferro. O velho nunca comentou nada. E eu é que não era louca de perguntar e levar um tapa na cara. Só sei que durante um bom tempo, ele revirou a casa, do porão ao sótão. Subiu em cada árvore, fuçou em cada canteiro. Se estava procurando o tesouro, não achou. Achou mesmo foi uma tuberculose e morreu três anos depois.

Seria aquilo verdade? Que o sogro morrera tuberculoso era sabido, mas e a história do bauzinho de ouro? A sogra sempre fora mulher séria. No entanto, excelente prosadora, às vezes exagerava.

Na dúvida, Guido respira, se ergue da cama e, como pode, segue até a porta. No fim do corredor o espectro aguarda, impávido. Guido estaca. Calafrios misturados ao pavor da aparição percorrem-lhe o corpo. A visagem segue pela cozinha. Guido segue atrás. O fantasma sai para o terreiro. Guido sai no encalço. A uns trinta metros da casa, ao lado do pé de butiá, o homem de branco aponta para as raízes da palmeira e desaparece na cerração.

Guido fica parado, esperando. Nada. Alucinado com a ideia do ouro, vasculha o entorno e não encontra coisa alguma; nenhum buraco no tronco, nenhum morrinho na base. Busca no paiol uma cortadeira e põe-se a cavar.

Debilitado, o trabalho não rende, mas ele segue tentando até que um anjo diz amém. No vão entre duas pedras, que os da casa usam de banco no proveito da sombra em dias quentes, o aço encontra a madeira. O baú é retirado e aberto. Guido dança. Parece um sonho. Está salvo.

Mais tarde, Judite encontra o marido esticado sobre a terra, bem morto, todo sujo de barro, embaixo do pé de butiá.

A DIVINA COMÉDIA

Não fora tão bobinha, podia arruiná-lo
com o primeiro beijo que negasse.

Dalton Trevisan, *O rei da terra.*

De volta ao lar, maridão gorducho pega no flagra esposa gostosinha fungando no pó mágico.

Jesus, ainda é dia, pensa ele meio de cara. Mas por que o espanto se ela faz isso há tempos? Amassa a pedrinha, faz poeira, bate que bate no espelhinho separando a carreira. Aí é só fungar e pá.

Meu amor, tem hora pro pozinho. Somos gente de bem. O que pensarão os vizinhos?

Na terceira, muito louca, grita a esposinha que passou a tarde com Deus. O Poderoso segredou no seu ouvido que o mundo vai acabar e que todos têm que adquirir um pedaço do reino interno pra poder ficar na paz. Ele, maridão de aliança e tudo, acha aquilo um saco e faz a esposinha tomar leite gelado pra cortar o barato. A gostosa bebe o líquido enriquecido com vitaminas, ferro, ácido fólico e um segredinho. Depois de um tempo já está fora do ar, triste que só.

O maridão gorducho toma banho. Lava cabelo e tudo mais. Quando entra no quarto, vê o corpitcho da gostosa esticado na cama. Ah, corpo amado, idolatrado, salve, salve! Ele sua. Viu, quer brincar. Pra não perder o embalo já gruda de conchinha. A esposa resmunga qualquer coisa enxotando os gnomos. Sherlock, o maridão gorducho procura uma resposta. Logo sente falta de um comprimido na cartela de extrato de valeriana que jaz no criado mudo. Ele fica puto. Geme, ameaça, mas ela não dá as caras, está apagada. O mais foda é que ele é bom moço e, apesar de infértil, não aprendeu a estuprar. Toca uma e vira pro outro lado duvidando se é essa a mulher que o levará pela mão, como prometido, aos píncaros do paraíso.

ATÉ QUE UM DIA AMANHEÇA

Antes do primeiro homem já era noite nos pinhais. Deus olhou para essa terra e determinou: Aqui vampiros, fantasmas e licantropos. Refúgio de malditos, sanguessugas e anti-horários. Mas pelo ardil do cacique Tindiquera, a vontade divina não se cumpriu e os carniceiros e faiscadores vieram misturar-se aos notívagos e montar comércio de plásticos e aviamentos na Praça Tiradentes. Obviamente, foram todos amaldiçoados.

É noite, Severo está na praça sob o grande pinheiro central. Os eminentes de bronze o observam. Nem todos. O inconfidente e o Marechal de Ferro dão-lhe as costas, enquanto Vargas e Constant o contemplam, respeitosos.

Severo caminha sobre a lâmina de vidro, teto improvável para calabouços antigos. No subsolo os prisioneiros vagam de um lado para outro. Apáticos, ficam em exposição pública.

Entre os detentos não se observam grandes originalidades, salvo um ritual que se repete de quando em quando. Fulano tira do bolso interno do paletó um pequeno caderno de notas. Escreve versos, projeta navios, planeja um assalto, quem sabe? Rapidamente chega um, outro, mais outro, até que se aglomera uma multidão.

Com a maturação do escrito, plano ou processo, formam-se três círculos de interesse em torno do sábio. No primeiro, ao alcance do cuspe, ficam os sorridentes e cumprimentadores. Como se pode imaginar, eles sorriem e cumprimentam o homem que rascunha. A seguir ficam os críticos silenciosos. Nessa classe, não se diz palavra. Os olhares são duros. As características mais comuns são os óculos pensos na ponta do nariz, um quase sorriso nos lábios e as mãos escondidas nos bolsos. Não se observa o menor aceite ou negação. Vez por outra, um bocejo, nada mais. O terceiro círculo é o dos que conspiram. O lugar do ranger de dentes. A trapaça é o método e o ódio é a lei. Pequenos grupos se formam, depurando o golpe.

Por mais que cada anel tenha seu atrativo, é no terceiro que há movimento e paixão. É no terceiro que o conflito é evidente. É de onde partem as facas, as balas e as palavras de ordem. Dois ou três cúmplices somem da vista por um corredor estreito. Logo retornam com o carcereiro. O homem se aproxima da aglomeração que abre para lhe dar passagem. Os conspiradores apresentam o que escrevia como agitador e o repreendem com veemência. Arrancam-lhe das mãos o livro de notas e o guardam numa caixa cadeada.

O funcionário, enorme troglodita, obriga o literato a tirar as roupas e subir na caixa. Sob pena de safanões este é levado a mostrar os dentes e segurar uma placa onde se lê: *Aqui só vale o ouro.*

Mais tarde, findo o castigo, devolvem-lhe as roupas e o livro de notas. O agitador se reúne aos camaradas e funde-se com a turba.

Severo dá de ombros e caminha para o oriente.

Praça vazia. Nem táxi, nem ônibus, nem nada. Um dos relógios da catedral marca três horas. O outro? Sem ponteiros. Súbito, abrem-se as portas do templo. Do interior, uma luz intensa. Curioso, Severo ladeia o círculo de flores da entrada, vence os seis degraus em pedra e cruza o pórtico.

Assim como a rua, o prédio está vazio. A luz que escorre para fora vem de três imensos lustres de ferro.

O visitante mergulha os dedos numa das pias de água benta e retorna com uma nojeira. Verifica a outra, seca.

Sem bênção?

Caminhando por um corredor lateral, se encanta com a pintura nas paredes, com os entalhes em pedra e madeira, com as estátuas e colunas. Não as lembrava assim tão suntuosas. Ele percebe o rico simbolismo das cores e formas utilizadas. Degusta cada lírio, cada lótus.

A nave principal comove, a verticalidade impressiona. Inebriado, quase despenca para o fundo do poço ao lado do altar. Ele se agarra na borda como pode. Vai cair, vai cair. A salvação vem com um sussurro íntimo: Força! O ânimo retorna. Consegue apoio para os cotovelos e com um bom impulso está salvo.

Por um instante, procura o benfeitor. Ninguém. Grato pela ajuda, lembra-se do Cristo e vai ter com ele. Surpresa. Onde o cordeiro imolado? Retirado. Em seu lugar a lápide horizontal de um eminente dos sacramentos. Severo se aproxima e descobre-se morto.

É estranho, pois as letras que compõem *Severo Brudzinski. 1973, 2006* são pintadas à mão, infames. O que isso quer dizer?

Em resposta, o vento balança os lustres centenários.

Folhas secas tomam a igreja. De repente, surgem frades vindos das alas laterais. Muitos. Separam-se e começam a faxina. O primeiro inicia o cantochão e os outros repetem, varrendo. O ouvinte deixa-se estar. No entanto, não demora em ser vencido pelo tédio e sair.

Se o templo é uma pomba celestial, a rua, um morcego encardido com barriga peluda.

Seguindo a viela, Severo repara que perdeu um aliado importante: o eco de seus passos na madrugada vazia.

O chão macio se move, frenético. Forçando um pouco a vista percebe-se onde moram todos os ratos da cidade. São milhares. Num primeiro momento o herói é obrigado a chutá-los para seguir caminhando. Logo nem se dá ao trabalho. Que se fodam, e vai esmagando os pequenos demônios em sua corrida para um lugar seguro.

No fim do quarteirão, um poste aceso atrai o fugitivo. Sob o refletor uma zona limpa. É uma dádiva. Ao entrar no perímetro iluminado, os roedores são incinerados imediatamente até às cinzas, que logo são absorvidas pelo piso de pedras brancas e negras. Protegido pelo farol, Severo descansa.

No entorno a enxurrada ganha volume. Os ratos incham. Perdem os rabos e pelos. Joelhos e cotovelos se pronunciam. De roedores passam a homens secos e barbudos. Com olhar maníaco vagam à procura de pequenos cristais espalhados pelo chão. Quando encontradas as pedras, seguem-se lutas sangrentas. Mas e daí, se o poder do farol vale também para a mutação? Sobram ossos carbonizados que Severo chuta para fora do círculo.

Aos poucos, os ex-ratos se reúnem nas sombras e aguardam. Uma luz se acende na janela que abre. A menina não deve ter mais que cinco anos. Num mimo ela aponta para um interruptor ao alcance dos dedinhos. O acossado segue o cabo de energia e o descobre alimentando o refletor do poste no qual se abriga.

Adoro esta cidade. Amo-a perdidamente. As avenidas, os prédios, os parques são lindos. O que atrapalha são as pessoas, diz a garotinha numa voz caquética. Tudo é tão organizado, não acha? Está com medo? Vai ter sua chance. Se acerta, fica aí até que um dia amanheça. Se não, já sabe.

Severo concorda.

Lá vai: por que fazer sofrer o teu pai, tua mãe e tua irmã? Por que preocupar o teu gerente? Por que abandonar um emprego tão bom e se tornar abjeto e sem nome? Conte para os ratos, senhor Gregor Samsa.

Não mora ninguém com esse nome.

Resposta errada.

Flashes no céu noturno antes do olho ser devorado.

NO SILÊNCIO,
A MALÍCIA DO MONSTRO

Ela se move, João? Ela respira?

O irmão escuta: vácuo absoluto.

Deve ter morrido. Acertei bem na cabeça, Maria, diz ele mexendo só os lábios.

Não! É um truque, eu sei. A bruxa não morreu. Ela está lá com o machado. Esperando. Só esperando.

ECLIPSE

Morreu feito um passarinho. Um passarinho. Deve ter se levantado pra ver a lua. No corredor, sentiu o coração. Só pode. Quem achou foi a Rachel. Ainda estava quente quando a gente acudiu. Foi coisa rápida, não houve o que fazer. Estávamos todos no terreiro vendo o eclipse.

Da porta escutou os pés nus da filha correndo pelo interior da casa. Fugiu da cama, pensou, sorrindo da traquinagem. Em sua infância também houvera assoalhos delatores. Aprontou o sermão, calculou o salto e deu o bote. Surpresa! O animalzinho acuado agarrou-lhe as pernas. Tremia.

O que foi?

Um sonho malvado, mamãe. O vô Ló tentava me afogar. Daí eu fugia e ele ia atrás de mim. Daí ele me pegava no pescoço. Daí eu fugia de novo.

Rachel levou a pequena até o quarto e à luz do lampião examinou-a com cuidado. Nada, exceto uma linha contínua de pele lacerada no lugar da correntinha, herança de família.

Mamãe, cadê o vô Ló?

Não sei, filha. Deve estar descansando. Agora quero que você durma, querida. Durma.

Ela esperou alguns minutos até que a filha ressonasse, matutando conversas pela metade.

Você nem parece cristão, meu filho. O homem só quer passar uns dias na fazenda. Ele se criou aqui e está pra morrer. Não seja assim. Passado é passado. O caso nem foi com você.

Não interessa. Se ele criar um problema que seja, e você sabe do que eu estou falando, mãe, eu ponho esse velho pra fora a chute e pontapé.

Mas ele é seu tio.

Nem que fosse o papa. Dois ou três dias e o velho toma o rumo dele.

Que o marido não gostava do parente estava claro. Mas por quê? Um amor de pessoa. Fala mansa, sorriso franco. Um velhinho de duzentos e cinco anos.

Dois ou três dias, mãe. Se ele não for, vou eu.

A menina dormiu. Diante da porta, Rachel apurou o ouvido. Nem grito, nem sussurro. Ela deixou o cômodo evitando olhar diretamente os lugares em que o lume não alcançava. Ao cruzar a saleta de acesso aos dormitórios, encontrou o vô Ló no chão. Aflita, aproximou-se e virou-o de barriga para cima. O outro, com um fiapo de voz, pedia pelo remédio.

Sem demora, procurou o frasco no entorno, no quarto do velho, depois tornou e se debruçou sobre o agonizante. Ela chegou a retirar uma pílula da embalagem, mas teve um choque. Um doce para quem adivinhar o que envolvia os dedos macerados do caído.

A correntinha arrebentara próximo ao fecho. Que força seria necessária para rompê-la daquele modo? Por mais de quarenta anos a peça resistira adornando o colo de sua mãe, o dela, e há dois dias estava no pescoço da filha. Num segundo fundiram-se a ojeriza do marido, as lamúrias da sogra, o olhar baboso do parente, o pesadelo da filha e seus próprios fantasmas.

O doente ergueu as mãos numa súplica final de olhos brilhantes.

Dar água a quem tem sede, pão a quem tem fome? O que fazer? A resposta não tardou. Rachel devolveu o comprimido ao frasco, foi até o quarto da visita, pousou o vidro cor de caramelo sobre o criado mudo e retornou para junto do moribundo. Ela soube quando o coração falhara. Logo, baixaram-se as pálpebras e cessaram os movimentos. Quando tudo era calma no corpo do velho diabo, ela saiu ao terreiro para avisar aos outros que o vô Ló estava passando mal.

ACABOU, PERDEU, **JÁ ERA**

Eu vi a cena tantas vezes que sabia o roteiro de cor. Os recrutas desciam porrada nos caloteiros até prostrarem os caras. O Ramiro adorava aquele esquema, mas não encostava a mão neles. Nunca. Esperava os caras tomarem um chute no saco e caírem de boca no chão, só aí ele falava. Andando pra lá e pra cá, explicava que tudo aquilo já tinha sido avisado mais de uma vez, que o devedor teve todo o tempo do mundo pra pagar o débito e que agora ia sofrer as consequências. Era impressionante a capacidade do Ramiro de repetir sempre as mesmas frases, no mesmo tom. A coisa se dava de um jeito que o cidadão, mesmo arrebentado, tinha a esperança de que ia sair bem daquela encrenca. Que nada!

O Ramiro curtia aquela porra. Falava, falava, falava, com aquela voz macia. Acho que ao ouvir a falação dele, caras de miolo mole dariam um tiro na própria cabeça, sem piscar, se ele pedisse. Era foda. Ele se ajoelhava diante do cara, tipo um santo indo ao encontro do pecador. Chegava junto e cochichava: Acabou, perdeu, já era.

O cara, acreditando que iria escutar algo como: Pode ir, mas quero o dinheiro dia tal, abria os olhos, escondia os dentes e descobria que estava morto. O Ramiro levantava, abria um sorriso cínico, olhava o puto no olho e dizia: Não se preocupe, vamos cobrar a grana da tua mulher e da tua filha. Segurando as mãos na frente do corpo, curtia o momento. Depois saía. Aí você pode imaginar. Não havia um lugar fixo pra meter bala. Tanto fazia se o buraco era no peito, no pé ou na cabeça. Éramos sempre três no apoio, todos com .357 Magnum, cinco tiros cada, ideia do Ramiro. É só fazer a conta. O cara virava uma peneira.

Quando entrei no esquema, comecei socando os caras maus, ou seja, aqueles que deviam pra nós, os caras bons. O serviço era legal, não deixávamos ninguém roubar, passar droga ou aplicar golpe em nossa área. As famílias podiam dormir sossegadas. Mas claro que tudo tem um preço. É verdade que ninguém pediu pra gente trabalhar pra eles, mas sabe como é, o povo nem sempre enxerga o que é bom pra si.

Nosso lema estava escrito na porta de um banheiro no Bar da Ieda, nossa base: *Papo reto não faz curva.* Aquilo era a mais pura verdade. Ninguém era obrigado a pagar pela nossa proteção. Os que não estavam interessados podiam pegar suas coisas e ir embora. Nunca ninguém foi obrigado a ficar, palavra! Mas quem assumia um compromisso e não cumpria. Bom, entrava na faquinha.

Eu tinha uma faquinha, um tipo de estoque. É pra sangrar porco, disse o Ramiro quando me deu. Tinha feito um serviço limpo e direito, e daí ganhei a faquinha. Enfia e puxa pro lado da lâmina, ensinou o chefe. Adorava aquela faquinha, cutucava os caras na bunda. Doía pra caralho.

Na sequência ganhei uma Colt .45, modelo 1911. Clássica. Fazia segurança dos grandões com aquele cano. Não tinha jeito, era tiro e caixão. O tempo foi passando e me promoveram pra supervisão do setor de cobranças, trabalhava diretamente com o Ramiro, além de treinar os recrutas. Foram cinco anos esfolando e arrebentando. Quem não pagava acabava no chão, escutando: Acabou, perdeu, já era.

Foi aí que eu conheci a Rozita. A gaúcha detonou com a minha cabeça. Bons tempos. Eu precisava de grana pra bancar a peça, muita grana. Por isso, fui extorquindo por fora, esfolando por fora, cobrando por fora. Quando o por fora não deu mais conta do recado, eu comecei a emprestar. Aí, companheiro, foi como dizia nosso representante paraguaio: *La plata se fue.*

Um dia, o Ramiro chegou junto e disse que minha dívida estava alta e que não podia perdoar ninguém. Eu tinha um mês e mais nada. Poderia me servir dos comparsas pra explodir um caixa eletrônico ou assaltar uma joalheria, se eu quisesse. Aquele não era meu negócio, mas era um jeito de pôr a casa em ordem. Topei a parada, o esquema deu errado e dois recrutas se ferraram. Um a PM apagou, o outro tive que dar um fim pra encobrir o meu rastro. Foda, mas fazer o quê? Tudo aconteceu tão rápido, que eu só consegui salvar a grana do assalto e me esconder.

Adivinha. Só pra me sacanear, pegaram a Rozita.

Coisa do Ramiro. Não mataram, colocaram pra servir o pessoal da cobrança. Ela aguentou um mês. Eu sei porque o cara que cuidava da desova do escritório era meu chapa. Ele me contou que a turma levou ela num saco preto pra ele dar fim.

Como não havia mais a Rozita, resolvi sair do buraco em que eu estava escondido e sumir. Eu sabia o que ia acontecer se ficasse dando bobeira. Sabia o roteiro de cor. E se eu quisesse beber o sangue dos desgraçados que fizeram aquilo com a minha santinha eu teria que esperar. Por ela eu esperei.

Os otários demoraram pra me encontrar. Eu lembro como se fosse hoje. Na pensão em que eu estava, uma casa velha em Ponta Porã, no centro, próximo da fronteira, escutei o arrastar nervoso do sapato dos caras. Idiotas. Escolhi o lugar por ter assoalho de madeira, entende? Depois, ouvi os novatos se esfregando na parede. Puta que pariu. Quem treinava os recrutas desde que eu deixei o trabalho? Na moral, se eu quisesse teria acabado com eles naquele instante. Mas não, puxei uma cadeira pro centro do quarto, sentei e fiquei rindo. Não acreditei que os panacas iam arrombar a porta. Me irritei. No meu tempo não tinha aquela papagaiada, mesmo os novatos agiam certinho. Eu bati o pé no assoalho três vezes e mandei o Ramiro entrar.

Nem assim os idiotas pararam de patetice. Eles meteram o pé na porta e entraram brincando de SWAT. Grotesco.

Dois segundos e eu estava no centro da roda. Me revistaram e não encontraram nada. O Ramiro entrou. Ele estava feliz, o que era mau sinal, pelo menos pra mim.

Como é que vai, bonitão?

Vou como Deus manda, Ramiro.

Ele deu uma volta ensaiada pelo quarto, com nojo, evitando tocar os móveis.

Você sabe como as coisas funcionam, não sabe?

Sei.

Automaticamente dois putos me agarraram e um terceiro começou o serviço. Apesar de novato o cara sabia bater. Foram dois dentes quebrados e uma costela partida. Tomei um chute no saco e caí no chão, gemendo.

Grilo, Grilo. Um profissional como você, se deixar levar por uma vagabunda daquela. Não entendo.

Deu uma volta ao meu redor e continuou: Coisa feia aquela de deixar os meninos na mão, hein? Eles eram bons. Um era afilhado do chefe. Você pode imaginar como ele ficou puto. Na hora mandou eu te encontrar. Ele me deu uma semana, mas como você não é nenhuma criança, levamos sete meses pra te achar. Eu tomei uns tapas na cara por tua causa. Mas isto não há de ser nada.

O Ramiro sorriu e ficou em pé bem na minha frente. Ele se abaixou junto a mim com aquele sorriso cínico da cara. Me olhou nos olhos e disse, sem levar em conta os tantos e tantos anos que eu esfolei e arrebentei pra ele, por ele, pelo grupo, pela organização: Acabou, perdeu...

Uma vez fui fazer um serviço em Novo Hamburgo. Foi lá que conheci a Rozita. Cabelo castanho, olhos cor de mel, cintura fina. Ela bagunçou tudo na minha vida, mas foi a melhor coisa que me aconteceu. Passado um tempo era como se a gente fosse um só. Eu contei pra ela o que eu fazia, de onde eu vinha e toda minha história. Não escondi nada. Ela ficou quieta. Pensou dois dias. Sabe o que é isso? Daí disse que me aceitava do jeito que eu era. Ela me deu um presente, uma bota gaúcha feita à mão. Coisa fina, de couro macio e resistente; bem tratado, bem pregado. Nada daquela coisa vulcanizada, vagabunda.

Não bastasse a raiva que eu sentia daqueles desgraçados, havia a falta da Rozita. Ah, minha santinha, era hora. Antes do filho da puta começar o Já era, a faquinha saiu do bolso interno da minha bota pra se enterrar no pescoço do Ramiro. Ele ficou surpreso. Seguindo o treinamento, puxei o cabo pro lado da lâmina. O cara levou a mão ao corte e sentiu a enxurrada. A coisa foi tão rápida que o filho da puta não disse um ai. Levantou e ficou cambaleando, tentando entender o que tinha acontecido. Então, fraquejou e caiu pra frente, de boca no assoalho imundo daquela pensão de merda.

Os recrutas ficaram sem saber o que fazer. Em vez de terminarem o serviço foram acudir o cara. Esse foi o erro dos três. É verdade que eu levava vantagem, já tinha presenciado a cena tantas vezes, sabia o roteiro de cor.

Aqui, neste lugar secreto, disse a Rozita quando me deu a bota, tu podes guardar uma surpresinha pra quem quiser o teu mal.

Funcionou, meu amor, funcionou, eu pensava.

Peguei minha velha Colt e enfiei uma bala na cabeça de cada um.

Antes de sair pela porta com a mala na mão e a pistola na cinta, me abaixei junto ao corpo do Ramiro e devolvi o que estava engasgado há anos: Já era.

AH, ESSA JUVENTUDE!

Ao som de Chet Baker, por favor.

Não, não e não, foi o que ela disse junto ao relógio da praça, dando as costas e indo embora.

Ele tentou retê-la mas bastou o olhar afiado para a moça seguir pela longa via de pedestres, desaparecendo no vai e vem do sábado. Perfeito para aquele fim de romance, um trompete gemia ao largo da cena, compondo, com o burburinho urbano, paisagem de vaga e doce tristeza.

Acabou.

A sentença curta e a história recente do casal eram perfeitamente compatíveis. Racionalmente falando, é claro. Mas quem é racional numa hora dessas? A raiva surda apertava o coração do moço. Se alguém percebeu-lhe o sofrimento, não disse nada.

Como bêbado, vagou pelas aleias selvagens, seguindo a trilha dos amantes casuais. Sem rumo, parou um instante no chafariz, apoiando-se sobre as águas. De entre folhas caídas e latas de cerveja, sereias desnudas, seis no total, emergiam do caldo a espremer peixes venenosos que espalhavam peçonha pelos ares, deixando um pobre cisne refém no centro da fonte. A ave, sem saída nem coragem, vomitava bile negra.

O rapaz deu sinal, o ônibus parou. Ele entrou, passou a roleta, sentou. Durante a viagem, mirava as ruas, os carros, as pessoas. Não via nada. Em seu íntimo desfilavam, para deleite do inferno, a lembrança dos olhares úmidos da mulher com quem estivera ainda há pouco.

Desceu, caminhou, abriu a porta.

No quarto, sentado na cama, puxou o gatilho sem deixar bilhete.

SANGUE, CAFÉ E CIGARROS

Luz. Cena vazia. O homem do rosto arranhado entra, cruza a cena até o público e estaca. Veste um traje urbano comum entre o cinza e o preto. Longo reconhecimento. Transição para aflição e descontrole.

Mas estava aqui agora mesmo. Não. Acho que foi ontem. Não. Ontem foi sexta-feira. Ou será que foi quarta? Não lembro. Quem sabe se eu começar de novo?

Sai de cena e torna a entrar.

Eu entro pela lateral direita. Estou nervoso depois do ato. Caminho pra lá e pra cá. De repente percebo que minhas mãos estão sujas de sangue. Fico horrorizado e limpo-as nas roupas numa atitude reflexa. O sangue não sai. A mancha é grudenta. Tento de novo, de novo e de novo. Penso em lavar as mãos. Dou três passos rumo ao banheiro, mas vacilo: antes preciso dele entre os meus lábios. Preciso da fumaça entrando pela boca, passando pela garganta e seguindo para os pulmões. Preciso dele agora. E ele devia estar bem aqui me esperando.

Pausa longa.

O melhor é ir devagar, prestando muita atenção em tudo. Vou seguir como se ele estivesse aqui. Isso mesmo. Vou seguir como se ele estivesse aqui.

Inspira e expira três vezes em preparação.

Levo-o à boca e trago com todo o prazer desse mundo. Então, dá-se a transição. Tudo fica calmo, zen. Isso. Entra um tema oriental de fundo para compor a cena. Lindo. O clima é de tranquilidade, apaziguamento.

Pausa.

Sei lá. Talvez essas sejam lembranças de um outro momento e não da cena posterior ao assassinato. Talvez, inclusive, a peça trate disso: lembranças perdidas.

Talvez. Mas talvez não. Talvez se trate apenas de, como é mesmo a palavra? (*Exaltado.*) Eu sabia! (*Para a lateral direita.*) Eu sei onde você colocou a porra da mala. Não adiantou você esconder, sua vaca! (*Ri. Descontrole.*) Não faça esta cara de mal-amada. Para! Não me olhe! Não me olhe! Me deixe em paz!

Pausa. Sereno.

Vou contar algo interessante. Quando estou sozinho, eu não sinto nada. Nada mesmo. Nada. É como se eu não tivesse existência real. É como se eu não fosse uma pessoa de carne, osso e coração batendo. Pra existir eu sempre preciso de uma plateia presenciando tudo o que eu faço. Até o gesto mais banal. É verdade. Querem ver? Por exemplo: (*para alguém da plateia*) toma minha mão e me diz o que você sente? Ela está quente, fria, úmida? A pele está ressecada? Eu tenho calos ou minha mão é lisa? Vê? Você sente. Mas quando eu me toco (*tocando o rosto*) é como se o meu toque fosse o toque de um fantasma. É como se minha pele não reconhecesse a minha própria carne. É como se a minha mão fosse a mão de um estranho. A mão forte de um estranho que eu não reconheço.

Ri. Para a pessoa da plateia anteriormente escolhida.

A tua mão sim eu reconheço.

Confuso.

Mas não era assim, está tudo errado. Ele deveria estar aqui me esperando, com a fumaça estática e tudo mais. Como numa fotografia.

Pausa.

Já sei: a cena não estava assim tão nua. Estava disposta de uma outra forma.

Sai pela lateral direita. Pequena pausa. Entra carregando uma mesa.

Aqui, neste ponto, tinha uma mesa dessas feitas para teatro, com proporções não muito convencionais. Meio deformada, sabem como é.

Sai. Entra carregando uma cadeira.

Ao lado da mesa tinha uma cadeira do mesmo material, com as mesmas formas desequilibradas. Fora a cadeira e a mesa tinha algo mais, mas o quê? (*Pausa. Súbito.*) Um abajur de pedestal.

Sai. Entra carregando um abajur de pedestal.

Tomem seus lugares que a ceia está posta.

O homem do rosto arranhado adentra a plateia para contemplar a cena.

Será que não falta nada? Mesa, cadeira, abajur. Parece que está tudo aí. Mas se estivesse tudo aí ele teria que estar lá, com a fumaça subindo para o urdimento. (*Pausa.*) Falta alguma coisa. Um quadro? Não, aqui não tem lugar para pendurar merda nenhuma. Uma planta? Não, eu detesto plantas. Elas sempre acabam morrendo.

Pausa longa. Súbito.

Um cinzeiro!

Voltando para a cena.

Onde é que um cigarro é colocado quando está em cena? Num cinzeiro, é claro!

Tira um pequeno cinzeiro do bolso e coloca-o sobre a mesa.

O administrador do teatro não permite um cigarro acesso em cima do cenário, mesmo no canto de uma mesa. A regra é clara: se o cigarro não estiver entre os dedos ou lábios do ator, ele, o cigarro, obrigatoriamente, tem que estar num cinzeiro. Muito bem, (*colocando o cinzeiro sobre a mesa*) eis o cinzeiro. Agora só falta um pequeno detalhe: o cigarro.

Apalpa-se em busca de um cigarro, mas acaba por achar somente uma carteira vazia.

Já era. Esqueci de comprar. Também, com essa correria toda.

Senta na cadeira. Medita por alguns segundos. Depois, levanta e vem até o público.

Por favor, alguém me arruma um cigarro? Pode ser de qualquer marca, contando que não seja usado.

Usado eu não fumo. Eu também não fumo cigarro com marcas de batom. Eu não bebo no mesmo copo que os outros. Eu não tomo banho em banheiro coletivo. Eu só durmo em cama de solteiro. Ah, sim... Eu evito beijar na boca. É um costume. (*Pequena pausa.*) Alguém me arruma um cigarro, por favor? Pode ser qualquer um. (*Insiste até receber um cigarro do público.*) Obrigado!

Acende o cigarro e fuma tranquilamente. Deixa o cigarro no cinzeiro e se afasta para contemplar a cena.

Agora sim. A cena era para ser isso mesmo: uma mesa, uma cadeira, um abajur de pedestal, um cinzeiro, um cigarro aceso e a fumaça sinuosa, subindo, sublime. (*Pausa.*) Lembrei desse abajur. De madrugada, nos amávamos à luz desse abajur. (*Tenso.*) Ela me encarava com aquele olhar duro... Não, acho que estou embaralhando as coisas. Isto é de um filme. Não lembro qual. Sei lá, acho que no final das contas o abajur não pertence à cena do café e do cigarro, mas vou deixar ele aí. É bonito. (*Pausa.*) Vocês estão ouvindo? Acho que vem alguém. Será? Silêncio! Escutem! As chaves balançam todas juntas, raspando umas nas outras, como uma família. Atrito, tapas, gritos. Abrem-se os portões. Sete passos na calçada coberta de folhas secas. Três lances de escada. Escutem! Nenhuma porta se abre. Nada. É como se fosse um fantasma. É ela. Eu sei. Ela está em casa.

Risos de mulher. Dos risos para gargalhadas opressivas. Risos de criança.

Meu Deus!

Faz o sinal da cruz.

Tu que és meu refúgio e minha fortaleza, em ti confio. Tu que és meu escudo. Não temerei a noite, nem a flecha, nem a peste, nem a morte. Se tombarem mil ao meu lado e dez mil à minha direita, não serei atingido.

Longo silêncio. Sereno.

Algumas vezes eu me sinto outra pessoa. Outras pessoas. É como se na minha cabeça morassem muita gente, uma verdadeira colônia, entendem? Uma legião de pessoas de todos os tipos, cores e raças. Somos muitos. Pessoas vindas de muitos lugares, cada qual com sua história. Só existe um problema, chega um momento que no meio de tanta gente, me perco. Não consigo definir quem eu era originalmente. Mas será que isso é importante, não saber quem se é? (*Progressivamente sarcástico.*) Talvez não seja adequado expor minha intimidade assim, de forma tão gratuita. Principalmente num teatro. Já notaram que isto aqui parece uma daquelas antigas salas de anatomia? De um lado eu, o ator, que representa uma personagem, que expõe, muitas vezes com crueza os profundos recantos de sua alma. A alma da personagem, é claro. Do outro, o público, vocês, um bando de entediados e curiosos.

Pausa. Cordial.

Ah, eu já ia me esquecendo do cigarro com sua fumaça sublime. Não se preocupem, não vou pedir mais nenhum cigarro para vocês. (*Para a lateral direita.*) Um cigarro, por favor.

Pausa. Mão com longas unhas pintadas de vermelho alcançam um cigarro aceso.

Obrigado!

O homem do rosto arranhado dá uma ou duas tragadas e coloca o cigarro no cinzeiro.

O cigarro deveria estar no cinzeiro quando eu entrasse em cena, mas vocês estão de prova que não estava. Eu entraria pela direita e diria numa voz eloquente: (*sai pela direita e torna a entrar*) ela está em casa. Está cansada. Sei disso pela cor do esmalte que está usando. Ela sempre usa vermelho quando está cansada.

Contempla a cena com impaciência.

Eu sabia! Sobre a mesa havia uma xícara de café. Um café quente e forte que fora tomado pela metade. O café estava soltando sua fumaça também. A xícara era branca e bojuda. (*Irritado.*) Querem saber: chega de xícara! Chega de café! Chega de cigarros! Chega de toda esta merda! Sim, ela está em casa. Está cansada. Chega! Eu quero esquecer. É como se não tivesse acontecido nada. Vou apagar essa ideia e pensar em outra coisa.

Pausa longa.

Quando a noite cai, elas voam pelas ruas, pelos becos e ficam a bater suas asas coloridas à espera dos predadores num reino de *petit pavê*. Príncipes e princesas, súditos e sultões. Na noite cheia de estrelas, elas são as rainhas. E eu? O rei.

Pausa longa.

Mas ela está em casa. Está cansada. E eu não sou mais o rei do cabaré. Voltemos ao café e aos cigarros. Ela está lá dentro colocando roupas na mala. (*Revoltado.*) Esta ordinária! Esta puta! Esta sórdida! Esta escrota! Esta vaca! Como é que ela tem coragem de se mandar assim sem mais nem menos? Decide ir embora e vai, simplesmente? (*Monocórdio.*) Eu vou embora. Não aguento mais você. Não quero mais ver a tua cara cretina. Vou levar as crianças. Você que se foda.

Pausa. Descontrolado.

O que foi que eu fiz? Eu deixei faltar dinheiro aqui em casa? Esta biboca nunca foi um palacete, mas aqui nunca faltou nada. Nunca faltou carinho para você nem para as crianças. Eu já te encostei a mão? Nunca, não é? Então, por quê? Meu Deus, por quê? Por que você colocou isso na cabeça? Não é possível, alguém deve ter criado alguma intriga. Alguém inventou alguma história. Mas quem? Diz quem é, senão eu sou capaz de uma loucura. Você está entendendo? Uma loucura. Não adianta balançar a cabeça desse modo. Eu sei que você está escondendo alguma coisa.

Pausa.

Estou entendendo... É alguém, não é? É outra pessoa? (*Progressivamente descontrolado e violento.*) Fala, sua puta! Fala, senão eu te mato! Eu te parto em duas. É um outro, não é? Por que é que você está arrumando esta mala? Vai viajar? Ela vai viajar. Vai para a casa da mamãe. Larga essa mala! Olha o que eu faço com as tuas roupas. Vagabunda! Insignificante! Sua puta! Tá pensando que é assim? Tá pensando que é fácil me largar? Está muito enganada, mamãe cadáver. Muito enganada.

Pausa longa. Dá umas tragadas no que resta do cigarro.

Agora não importa mais. Não importa.

Blecaute.

Luz. Mesma cena. No entanto, à mesa estão uma xícara de café exalando vapor e um cigarro aceso no cinzeiro. O homem de rosto arranhado entra trazendo consigo uma sacola de compras.

Demorei? Estava lá fora, caminhando pela rua e tomando um ar. A noite está deliciosa. Deliciosa. Nuvens pesadas, baixas, cruzam o céu devagar. Tem-se a impressão que algo vai acontecer. (*Meditando.*) É... Lembranças perdidas. A cena não estava assim. Faltava (*tirando os objetos de dentro da sacola*) um álbum de fotografias, uma garrafa de conhaque, um revólver calibre trinta e dois, cano curto. No revólver, três balas. O álbum ficava aqui. A garrafa, aqui. E o revólver aqui, ao lado da garrafa.

Afasta-se e contempla o arranjo.

Não sei, esse café e esse cigarro parecem estranhos. Parecem não pertencer à mesma história. Digam vocês que ficaram no intervalo: não parecem ter sido deixados por uma outra pessoa? A mim me parece. Não sei o que isso quer dizer, mas, vá lá...

Para a lateral direita.

Eu já não te falei pra deixar essa mala aí? Que merda!

Pausa. Para o público.

Agora eu tenho um esqueleto aqui em casa, sabiam? Ele está estendido lá na cozinha. Ainda não está nos ossos, mas é só uma questão de tempo. Se alguém quiser, pode levá-lo para casa. Cabe num porta-malas. Você pode colocá-lo sentado na dispensa para assustar a empregada. Mais dia menos dia ele vai virar um esqueleto. É fato. Mas deixemos isso de lado e voltemos ao que estávamos falando. Do que estávamos falando mesmo? Ah... Dos objetos, do café e do cigarro. Isso. Vou passar a cena e ver onde eles se encaixam.

O homem do rosto arranhado sai pela lateral direita para entrar logo em seguida.

Eu entro aqui pela direita, pareço impaciente, descontente, abandonado, perdido, desolado por um sentimento que insiste em me atormentar. Ela vai-me abandonar, vai sair de casa. Colocou o que pode dentro de uma mala azul, comprou as passagens e está prestes a escapar.

Pausa. Numa epifania.

A garrafa! A garrafa!

Torna a representar.

Eu estava seco como um deserto. Então, comecei a beber.

Abre a garrafa e asperge o líquido no entorno.

Primeiro para o santo. Agora para mim.

Bebe fartos goles no gargalo.

Ah... Isso refrigera a alma. (*Bebe.*) Isso faz com que eu me reencontre. Isto faz com que eu lembre que sou feito de sangue e barro. Eu bebi tudo. Não sobrou nada. Enchi a cabeça desta porra, entendem?

Bebe fartos goles.

Uma garrafa por dia pra manter a angústia sadia. Então, tudo começa a girar. Tudo.

Derrama o restante do líquido sobre a cabeça.

Da estante da sala tirei o nosso álbum de fotografias. Um álbum antigo, de capa dura revestida de tecido contendo nossas fotos. Ela queria um álbum com todas as fotos impressas em papel fotográfico, como se fazia antigamente. Queria colocar o álbum sobre as pernas e mostrar as fotos para as pessoas, contando a história de cada imagem.

Folheando o álbum.

Aqui está ela, a senhora angústia, agora ex-senhora angústia. Agora senhora esqueleto.

Gargalha. Pausa.

Não tem graça. Ah, meus dois angustiadinhos. Angunstiadinho um, quatorze anos, vai muito bem no colégio. Muito bem, puxou o pai, bom em cálculos. Ela, minha pequena angustiada, sete aninhos, não é a menina mais linda do mundo? Eu brincava de cavalinho com ela no joelho. Upa, cavalinho! Upa! Meus dois filhos. Meus queridos filhos. Meus filhos amados. Será que foi por vocês que eu aguentei tanto tempo? Diz, meu querido, fala com o teu pai. Como está indo na escola? Tem que seguir o meu exemplo. Papai nunca reprovou nenhum ano. (*Para o público.*) Mentira. Reprovei tanto que fiquei sem diploma. Péssimo exemplo. Mas ele não precisa saber disso.

Torna a folhear o álbum.

É, meu pequeno, já está ficando um homem. Quase da minha altura. Meu Deus, como o tempo passa. Parece que foi ontem que você se mexia na barriga da sua mãe. Você chutava minha mão. Eu achava que você ia ser um atacante. Se bem que todo mundo quer que o filho seja atacante. Nunca vi ninguém dizer que queria que o filho fosse zagueiro.

Pausa.

E você, minha princesinha? Linda. Tão linda. Você já está pesada para ficar no colo. Vem caminhando. Isso. Quer brincar no parquinho? Vai no carrossel que o papai fica te olhando. Pode ir. Isso. Gira, meu amor, gira nesse carrossel. Gira, nesse mundo cheio de cores que Deus criou para ti. Papai não merece um abraço apertado? Isso. Essa é a minha menina. E esses olhos castanhos de quem são? (*Deixa cair o álbum.*) Os olhos são da mamãe. Os lindos olhos de mamãe. Os olhos provocantes de mamãe. Os olhos sedutores de mamãe. Os olhos penetrantes de mamãe. Os olhos traidores de mamãe.

Pausa. Horrorizado.

Sai de perto de mim! Corre! Some da minha frente! Foge pra bem longe! Ah, eu tenho asco disso tudo.

Pausa longa.

E o revólver? O que é que esse revólver está fazendo em cena? Meu não é. A verdade é que eu não sei nem atirar. Bem, não interessa. Se for como estou pensando, ela deve morrer agora. Vamos lentamente.

Pausa.

Ela queria ir embora. Esse era o problema. Eu chego em casa, impaciente, descontente. É isso! Arrumei o revólver com alguém e estava decidido a colocar uma bala em cada um e me entregar. Só pode ser. Eu estava ansioso. Então, começo a beber. Bebo toda a garrafa. Na estante pego o nosso álbum de fotografias. Seu Angustiado, Dona Angústia, Angustiadinho e Angustiadinha. Converso com as fotos. Três balas e problema resolvido. Angustiadinho número um, quatorze anos, vai muito bem na escola. Bom em matemática. Chumbo: um santo remédio. Angustiadinha número dois, sete aninhos. Não é a menina mais linda do mundo? Chumbo. Dona Angústia, a causa e a razão de todos os problemas. Chumbo.

Súbita lembrança.

O revólver não estava na mesa, estava em cima do guarda-roupa. A arma é minha, ganhei no baralho. *(Outra lembrança.)* Mas não havia ninguém em casa. Não importa. Vamos seguir em frente. Ela deve morrer agora. (*Pausa.*) Eu pego o revólver de cima do guarda-roupa e trago para a sala. Ele sorri para mim com seus dentes cromados. Como vai, senhor 32? Como tem passado? O senhor me ajuda a chegar ao outro lado, senhor 32? Mas é claro! É claro que eu te ajudo, meu amor. (*Pausa.*) Era a puta quem falava pela boca do revólver.

Lentamente verifica as balas no tambor, engatilha a arma e leva-a até à têmpora. Blecaute. Tiro. Pausa. Luz. Mesma cena, porém, a garrafa de conhaque está estilhaçada sobre a mesa.

Quando você encosta o aço na pele do rosto... Meus amigos, que medo. Aquele cano gelado na sua têmpora. Que inferno! Que choque! Sei lá! Só sei que aquele metal gelado na tua fronte, te acorda, te deixa lúcido. É aí que você puxa o gatilho ou desiste. Eu acordei e percebi que era ela quem deveria morrer. Ela. Morta.

Pausa. Sereno.

É verdade. Essa história da garrafa e revólver não tem nada a ver com o café e os cigarros. Essa história acabou com vizinhos chamando a polícia e tudo mais. Eu tive que prometer que nunca mais ia fazer isso. (*Monocórdio.*) Sim, eu prometo. Sim, eu assino. Sim, eu concordo. Sim, eu aceito. Sim, eu sou um idiota. Sim, vocês têm razão. O mundo todo tem razão.

Pausa. Sereno.

Não foi uma bala, foi uma faca. Uma faca. Ela e a faca estão lá na cozinha agora, neste instante. Ela esticada no chão e a faca enterrada em seu peito. Ela teve seu fim. Ela acabou, virou esqueleto.

Ri. Gargalha. Súbito descontrole. Confuso.

Meu Deus! Será que fui eu mesmo? Mas só pode ser, estou sozinho na cena, não há mais ninguém. A faca era minha? Devia ser.

Pausa. Revolta. Para a lateral direita.

Você vai realmente embora? Pense bem. Se passar dessa porta, não respondo por mim.

Com ímpeto, simula esfaquear alguém. Pausa.

Tudo bem, vá embora, mas deixe os angustiadinhos comigo. Não? Você não vai deixar? Toma!

Simula esfaquear alguém. Pausa.

Quem é o cara? Ele é melhor do que eu? É?

Simula esfaquear alguém. Pausa.

Eu te amo. Eu te amo. Eu te amo. Eu te amo. Eu te amo. Eu te amo. Eu te amo. Mil vezes, te amo.

Simula esfaquear alguém repetidas vezes. Exausto vai ao chão.

Quantas vezes eu pensei em te matar? Com tiro, corda, marreta. E acabou tudo saindo do script. Pensei na cena, na forma de se interpretar e até no estilo de direção para o assassinato. Mas tudo deu errado. Foi casual. Tudo não passou de uma ceninha. Algo simples e corriqueiro. Querem saber? Eu conto. Ela estava aqui, sentada nessa cadeira, fumava um cigarro. Eu adorava o cheiro daquele cigarro mentolado que ela fumava. O cigarro estava no cinzeiro. Soltava uma fumaça sinuosa que subia até o teto. Ela bebia um café quente e forte. Eu entrei na sala, vinha da cozinha, tinha a faca na mão direita. Na minha cabeça, cegueira e ódio. Na minha boca, gosto de morte. Ela se levantou e viu a faca em minha mão. Ela ficou com medo? Ela tentou fugir? Não. Ela olhou nos meus olhos e disse que eu não tinha coragem. Eu fiquei lá parado. Ela deu um passo em minha direção e me esbofeteou com toda força. Eu fiquei lá, parado, mas com um desejo enorme de comer o coração dela, quente.

Ela me arranhou o rosto com aquelas unhas vermelhas enormes. Três grandes e profundos arranhões. E eu fiquei lá, parado. Ela rasgou a minha camisa. E eu fiquei lá, parado.

Pausa longa.

Ela pegou minha mão e colocou a faca apontada para o vão entre os seios, bem na altura do coração.

Pausa longa.

Enfiei a faca de uma vez só, até o cabo.

Pausa.

Ela não disse uma palavra. Não soltou um gemido. Só ficou me olhando. Os olhos dela brilhavam. Foi esmorecendo e caiu de costas, morta. (*Pausa.*) Foi assim. Depois eu arrastei o corpo para a cozinha, lá o piso é cerâmico, mais fácil de limpar.

Inspira e expira três vezes.

Eu sabia, não havia nenhum revólver na cena do assassinato. Nenhum revólver.

Pausa.

Confesso, fui eu. O corpo está na cozinha para quem quiser fotografar. Mas não precisa fazer um drama com tudo isso. Quem matou? Sei lá, deve ter sido um louco. Não, louco não fica bem. Isso só vai confirmar o que o pessoal da minha rua sempre disse. Olha lá o louco. Esse aí é meio louco, dona Maria. Esse seu filho tem um parafuso a menos, não tem? Era assim o meu apelido: o louco.

Buscando as palavras.

Matou por amor. Que tal? Penso que seria mais justo. Crime passional, clássico. Não precisam ficar com medo de aparecer polícia, os vizinhos não devem ter desconfiado de nada. Dessa vez não quebramos nenhum prato. Tudo aconteceu no mais absoluto silêncio. Ninguém mais sabe, somente eu e vocês.

Pausa.

Olha só a tese que eu bolei: loucura temporária. Que tal? Crime de gente endinheirada. Digam vocês: tenho cara de assassino? Sou um tipão, não é? É a vantagem de ser bonito. Então, foi loucura temporária.

Como num tribunal.

Que o réu se levante. Do crime de assassinato a sangue frio, premeditado e calculado, foi considerado... Inocente. Viram? Sou inocente. Agora é deixar o passado no passado. Agora é hora de relaxar e curtir. Imaginemos uma outra cena. Essa história de assassinato já cansou. Chega de todo esse sangue. Isto já era. Pensem comigo. Uma rodoviária. Dessas pequenas rodoviárias de cidade de interior. Eu tiro essas porcarias daqui.

Retirando todos os objetos de cena.

Sai cadeira. Sai álbum. Abajur lilás de pedestal. Adoro esse abajur. Sai cinzeiro. Sai mesa e objetos de cena. Sai revólver.

Cena nua.

Onde eu estava? Rodoviária de interior. (*Incomodado.*) Sinto falta de algum adereço ou objeto de cena para me ajudar na composição da personagem.

Pausa.

Óbvio: a mala azul.

Mão com longas unhas pintadas de vermelho alcança uma mala azul de viajem.

Obrigado!

O homem do rosto arranhado vai para o centro da cena, coloca a mala no chão e avalia o conteúdo.

Roupas, barbeador, espelho, garrafa de metal dourado... Nossa. Será que eu preciso de tudo isso para a fuga? Pensando bem, vou levar tudo. Nunca se sabe. Vamos ver o que tem mais nessa mala. Nova identidade, todo o dinheiro que havia nas contas da falecida, as passagens que eu comprei com antecedência. Ótimo. Está tudo aqui, não falta nada. Então qual vai ser o destino da próxima e eletrizante aventura? Uma cidade ao sul do equador? Sim. Uma Calcutá acolhedora, um arremedo de Casablanca? Sim. Uma cidade litorânea com sol, areia, coqueiros e calor. Além disso, plantações de cacau, camarões e mulheres. Belas mulheres. Excelente. Hora da transformação.

O homem do rosto arranhado retira da mala azul um elegante e colorido traje de verão e passa a vesti-lo ao som de uma música latina excitante. Por fim, para completar o novo visual, aplica uma bandagem sobre os ferimentos do rosto e coloca óculos escuros da moda sobre os olhos.

Prisão é para quem não sabe brincar com fogo. Meu Deus, será que eu vou conseguir viver com esse crime na consciência?

Riso solto.

E por que não? Tanta gente faz pior. Além disso esta não é a primeira vez, já estou escolado.

Constatando.

Então era por isso que eu queria a porra da mala: para a fuga.

Para a direita.

Vou usar a sua a mala de viagem, tudo bem? Afinal você não vai mais precisar.

Entra tema musical sugerindo o fim do espetáculo. O homem do rosto arranhado vai saindo pela lateral direita até que, súbito, retorna ao centro da cena.

Espera! Espera! Corta a música!

Pausa. Música cessa.

Sabem aquela história de filhos e de ela estar me abandonando? Eu não poderia ir embora sem esclarecer essa questão. Não levaram aquilo a sério, levaram? Essa é velha. Era tudo brincadeira para dramatizar um pouco a história. É só colocar umas crianças no meio que tem gente que até chora. É como se diz: a cada minuto nasce um idiota.

Pausa.

Bem, como era mesmo a cena? Uma rodoviária. Uma pequena cidade no litoral. Um estranho bem vestido desce do ônibus. Ele tem um olhar matador. Quem é esse homem? O que ele traz na bagagem? Segredos? O que tenta esconder sobre o passado? Por que aparece de repente nessa cidadezinha? Um mistério. Um mistério regado a sangue, café e cigarros.

Para alguém da plateia.

Hei, moça! É, você mesma. Me arruma um cigarro?

Blecaute.

A RAINHA **INFELIZ**

Feche os olhos que eu conto uma história para afastar a mão do fantasma. Isso. Calma.

Era uma vez uma rainha infeliz. Infeliz porque bela, não perfeita.

Nos olhos grandes e expressivos nenhuma sombra do esplendor ogival das bonecas chinesas. Onde o ar esnobe das senhoras da corte no nariz delicado? A boca, carnuda, não espelhava a soberba das comensais palacianas. Cabelos ondulados ao invés de lisos. Ombros elegantes. Melhor seriam ombros agudos, imponentes. Sonhava a mulher com seios diáfanos, pois os seus, volumosos, eram como os das camponesas do entorno. A cintura natural, não estreita, as pernas grossas, o quadril proporcional e a pele sadia contrastavam com a imagem desejada de musa ascética e vaporosa.

A dama sofria e era infeliz. Mas nem sempre fora assim. Desde que o sangue lhe escorrera, desejava-se. Desejavam-na: Maravilha do ocidente, escutava dos que cobiçavam sua cama. Desejoso, desposou-a o rei, que lhe alcunhou luz do mundo.

Ano após ano, seguiam costumeiros os versos sobre sua beleza, os duelos por sua atenção e a inveja por suas formas. Até que uma manhã, enquanto escovava e perfumava a cabeleira, descobriu um fio prata entre os ouros. Morte, decretou ao intruso arrancado por um pelotão de dedos graciosos. Coincidência ou não, na mesma tarde, seu amante predileto deixou-a só na alcova. Mau agouro.

Desde então, o infortúnio pajeou a rainha. Aos poucos, a mulher foi dominada pela superstição, passando a acreditar que os espelhos do castelo haviam sido enfeitiçados, pois se antes a contemplação de suas formas lhe consumia horas de prazer, agora lhe causava asco.

Certa noite, durante tempestade que assolou o reino, pela porta da estalagem da cidade baixa entrou um viajante. O homem vinha só. Trajava longa capa negra que, com todo o temporal e estradas lamacentas, não guardava o menor respingo de barro. O recém-chegado pediu um quarto privativo, o que era dispendioso. Perguntado sobre como pretendia pagar pelas diárias, lançou uma moeda de ouro sobre o balcão. A garota e os seis homens que tentaram roubar-lhe a bolsa durante a noite, desapareceram. Sozinho? Que nada, guardado por uma legião.

Em poucas horas os espias já haviam informado os monarcas da presença de um mago em seus domínios. O rei, indiferente, levantou as sobrancelhas e tornou aos afazeres íntimos com a criadagem. Já a esposa, mandou um cupê buscar o estrangeiro sob pena de desagravo.

O homem chegou ao castelo e foi posto na presença da rainha. Quando esta fez menção de apresentar-lhe as chagas, o outro interrompeu-a e, de forma direta, narrou as agruras da soberana como se as soubesse de cor. A mulher empalideceu.

Perfeição? Pode ser feito, senhora. Mas o meio é perigoso e cobrará um alto preço se usado de forma imprudente.

A rainha ponderou por um instante e garantiu que seguiria as instruções fielmente. O mago, satisfeito, apresentou um pequeno cristal, retirando a seguir um longo cachimbo debaixo do manto. Ele fixou a pedra no fornilho e cedeu à rainha o meio para as formas tão sonhadas, explicando-lhe o uso. Com uma brasa da lareira, ela carbonizou a pedra. Duas tragadas e os olhos reviraram em êxtase.

Logo, quando pôde controlar-se, caminhou até o espelho e admirou-se.

Enfim, divina.

O ritual deverá ser praticado uma vez ao ano, no equinócio de primavera, esclareceu o ocultista, colocando sobre o aparador a provisão necessária para o futuro.

Se usadas com cautela, as pedras proporcionarão uma vida inteira de prazer. Se não, nenhum tesouro poderá lhe resgatar, majestade, advertiu o homem.

Foi-se a nova, veio a crescente, deu-se a cheia. Fim de tarde, quando a lua despontava no horizonte, com um sorriso pleno rasgando-lhe a face e sem mais pedras, a rainha foi encontrada no chão do quarto de dormir, junto ao espelho, rígida. Do mago nada mais se soube.

Fim da história.

10 MG, DUAS VEZES **AO DIA**

El sueño que Pedro Henríquez Ureña tuvo
en el alba de uno de los días de 1946
curiosamente no constaba de imágenes sino
de pausadas palabras. La voz que las decía
no era la suya pero se parecía a la suya.

Jorge Luis Borges, *El oro de los tigres.*

Sobre o aço, um comprimido.

Está na hora.

Sem água?

Não basta lembrá-lo, ainda tenho que ser gentil? Toma logo essa merda antes que eu te enfie goela abaixo.

Coloca o remédio sob a língua e aguarda.

Estirado na poltrona observa o cometa que rasga a noite. De repente, desconforto na lombar. Um livro: *Os sete enforcados,* Leonid Andreiev. Indiferente, deita o russo de lado e balbucia a primeira expressão que lhe vem à cabeça: Ruptura.

Na trama do espaldar, letras minúsculas se intercalam formando palavras: *calcanhares, bandido, trem, forca, primavera.*

Terceiro sinal. Chama atenção o veludo gasto dos assentos bordôs. Blecaute. Slide apresenta o programa. A peça inicia.

Escuro. Escuro. Escuro. Nenhuma tosse salvadora. Nenhum pigarro confortante. Neste Hades sem janelas, só essa voz me comprova existência. Mas como saber se não é outro que fala por meus lábios? Não há certeza. O que se sabe é o que se ouve. Da boca oculta, repertório milenar. Histórias de guerras, tramas heroicas, relatos fantásticos, amores impossíveis.

Ah, pretensioso! Imagina-se Tirésias, *enfant gâté*? Nunca chegará aos pés de Homero ou de Eurípedes. Teu negócio é fugir, sonhar.

Espere! Nisso posso ter fé. Posso defender essa suspeita dia a dia. História baseada em sensação nunca aprendida, nunca sentida, numa esperança nunca vivida. Posso imaginar que falo para outro na plateia. Outro que não me vê. Que não sabe quando a punhalada será desferida. Outro que caiu na armadilha. Que está sentado numa casa silenciosa e na escuridão ouve textos sem sentido.

A RUIVA, A MÚSICA E A MORTE

Treze de agosto de dois mil e vinte e um. Dezoito horas e quarenta minutos. Sétima Delegacia de Polícia. Segue interrogatório do fichado vinte e seis trezentos e onze. Indivíduo do sexo masculino, 34 anos, natural, residente e domiciliado nesta capital. Maior, capaz. Suspeito de homicídio, o cidadão foi conduzido à delegacia por dois policiais militares, após de ser detido por seguranças do restaurante dançante Amiguinhas do Ó, lugar próximo da catedral, onde, segundo relatos, praticava esganadura em suposta mulher pública de ascendência asiática.

O tédio marcava a voz do escrivão, que seguiu com as perguntas de praxe: nome, RG, CPF, endereço, ocupação, estado civil, etc.

Posso fumar?

Pausa longa.

Começo por onde?

Comece pela ruiva, indicou o delegado. Motivo?

Motivo. Não houve um motivo propriamente dito. Eu não planejei coisa alguma, simplesmente aconteceu.

Siga.

Eu não tinha nada na mão. Uma semana em cima dos teclados e nada. Os caras da agência iam me matar. Merda, eu estudei uma vida inteira para tocar na noite e compor jingles? É isso? Me alcance o cinzeiro, por favor. Obrigado! Naquela tarde a meta era finalizar a trilha para uma campanha de refrigerantes. Ia dar uma boa grana, mas eu precisava entregar de uma vez a musiquinha que os caras queriam. O prazo já havia expirado e eles ameaçavam romper o contrato. Eu estava ferrado. Saí para esfriar a cabeça e, sem aviso, no meio da praça, escutei o ataque das tubas e trombones. Quando me virei, a dona dos cabelos encaracolados já subia no ônibus. Na hora pensei que tinha ficado louco, pirado, maluco total.

Por quê?

A música vinha dela, da ruiva. De alguma forma aquela mulher transpirava som. Verdade, me deu um negócio. Eu tinha que escutar aquilo. Tinha que possuir aquilo. Precisava daquilo, percebe? Olhei o letreiro: *Paraíso.* Subi a escada, paguei a passagem e cruzei a roleta. Sorte. Havia um lugar vago no lado oposto, logo atrás da moça. Sentei. Eu estava chapado, não conseguia tirar os olhos dela. E aquele som. Os metais inundavam tudo dentro do ônibus. Loucura.

Adiante.

Era linda. Sua pele pedia para ser acariciada, musicada. O olhar era de bossa e os lábios, jazz. Foi só naquele momento que fui me dar conta de minha atitude. Estava no encalço de uma desconhecida, pelo som que ela exalava. Ridículo, eu sei. No entanto, pela primeira vez, eu tinha o tom exato da abertura, a sequência perfeita dos movimentos e um desenlace triunfal. Cara, eu estava diante da música verdadeira. Minhas têmporas latejavam. Eu suava. Meu Deus, o que era aquilo? Eu estava louco? Era isto? O ônibus seguiu um bom tempo até um bairro afastado. Ruas cheias de buracos, mato nas calçadas, crianças jogando bola em terrenos baldios. Ela desceu e seguiu despreocupada pela via. As ancas se alternavam numa marcha lenta e sensual, me chamando. Dobrando a esquina, andou mais duas quadras até entrar por um portãozinho baixo. Morava na terceira casa. Abriu a porta e entrou. Olhei para os lados. O lugar parecia deserto. Segui os passos da ruiva até encostar o ouvido na porta. Dentro, só o barulho do chuveiro, mas na minha cabeça uma grande orquestra iniciava a preparação. Havia um coro. Um coro enorme. O maestro entrou. Fiquei ali, escutando a abertura. Tentei a maçaneta: destrancada. Abri a porta e já estava dentro. Foi a vez das cordas e dos sopros mostrarem força. O cenário era simples: um velho sofá marrom, uma estante de madeira e a televisão. O chuveiro cessou. Brusco, as sopranos e contraltos iniciaram um duelo. Fiquei paralisado. Como explicar minha presença? O atrito da toalha na pele macia ecoava em minha cabeça enquanto fantasiava todas as histórias de amor e beijos apaixonados. O que falaria? Nada. Tudo aconteceu num *stacatto* vertiginoso. Quando a porta se abriu, mal ela me pôs os olhos, eu já havia lhe agarrado o pescoço.

Longo silêncio.

Primeiro ela se debateu, tentando se livrar, mas era inútil, eu estava possuído. Depois, apagou. Apertei o pescoço por muito tempo, não por maldade, mas por medo, por não saber o que fazer. Quanto soltei, a ruiva não respirava mais. No ônibus, de volta para casa, as notas desfilavam em meus ouvidos se fundindo em passagens originais, cheias de estilo. Era a música que eu roubara daquela mulher querendo sair para a pauta, para o piano, para as cordas, para as grandes filarmônicas e os intérpretes geniais. E fora tão fácil.

Impresso em papel polen soft,
tipologia Minion Pro 13/18, no inverno de 2021.